요뿔러스

요뿔러스

© 2023 김순옥

초판발행 | 2023년 2월 01일

지 은 이 | 김순옥
펴 낸 이 | 배재경
펴 낸 곳 | 도서출판 작가마을
등   록 | 제 2002-000012호
주   소 | 부산광역시 중구 대청로 141번길 15-1 대륙빌딩 301호
　　　　　서울시 도봉구 도당로 82(방학1동. 방학사진관 3층)
　　　　　T. 051)248-4145, 2598 F. 051)248-0723 E. seepoet@hanmail.net

ISBN 979-11-5606-214-1 03810 정가 10,000원

※ 본 시집은 한국예술복지재단의 디딤돌 창작기금 지원을 받았습니다.

요뿔러스

김순옥 시집

도서출판
작가마을

새로운 세계를

찾아가는 길은 힘들고 외롭다

찾을 듯 말 듯

미로 같은 길을 헤맨다

늘 허기를 느끼지만

해야 할 일이라

생각하면 힘을 얻는다

쉬지 않고

새로운 세계를 찾아 나선다

2023년 새해

김순옥

김순옥 시집

차례

김순옥 시집

차례

요
뻘
러
스

김
순
옥

제1부

종이컵 연등

색색 주름지가 예쁘다
환희심으로 가득한
주름지를 든 손 분주하다
주름지와 종이컵이 만나 작은 연등이 되고
끝을 잡고 모으니 연꽃이 핀다

한 장 한 장에
땀을 쏟고 쏟다 보니
금세 가득한 연등 웃음이 환하다

작은 연등에 불을 밝힌다
세상에 어둠을 밝히고
부처님의 지혜와 자비를 배운다

빈자일 등
당신을 따르겠다고 등불을 밝힌다

분갈이

이쪽이 저쪽에게 말을 건다
저쪽이 대답하지 않는다
또 말을 건넨다
반응이 없는데도 계속 말을 걸어본다

이쪽이 저쪽을 쳐다본다
저쪽은 이쪽을 외면한다
외면하는 저쪽을 또 쳐다본다
계속 저쪽을 쳐다본다

시들 뭐 들 한 꽃잎 생기 돋아나기를
물 주고 거름 주고 링거를 꽂아주고
햇살이 마음껏 젖어 들게
분갈이한다

일방통행 길을 쭉 달려간다
초록 불이 들어왔는데도 건너 오지 않는다
심장의 빨간 불이 들어오지 않는다

넘을 수 없는 벽이다
포기할까 내다 버릴까

혼자 구시렁거린다

혼잣말을 들었을까
마음 통했을까
시들 뭐 들 해진 마음 꿈틀거린다

봄날을 신고 걸어간다

구두 가게에도 봄이 온다
꽃 같은 구두
색색의 자태를 뽐내며
간절한 눈빛을 보낸다

나를 봐 달라고 외친다
누군가의 선택을 기다리는 구두들
향기를 맡으며 만져보고 쓰다듬는
꽃의 손길을 기다린다

마음에 드는 분홍구두 한 켤레
새봄을 신고 새 날개를 신고
툭툭 차며 걸어간다

발은 봄이 왔는지
길은 봄이 왔는지 알지 못한다
새 날개를 신었는지
바꾸어 신었는지 길은 알지 못한다

눈길 한 번 주지 않는
지나가는 사람들도 알지 못한다

그래도 새 신을 신고 걸어간다
분홍이 봄날을 신고 걸어간다

보보 인형 실험

아이들을 준비된 방으로 실험자가 데리고 간다
두 개의 놀이방이 있다
한 곳은 모델이 된 어른의 공간
나머지 한 곳은 아이들의 공간

아이들 구역에 있는
장난감을 보고 아이들이 달려가 놀려고 한다
장난감을 가지고 놀면 안 된다고
얌전히 있으라고 실험자가 말한다

보보 인형이 있는 실험 방에서
한 그룹 아이들은 공격적인 어른의 모습을 본다
다른 그룹 아이들은
공격적이지 않은 어른의 모습을 본다

그다음 아이들을 보보 인형이 있는 방으로
각각 들여보내 놀게 하며 관찰한다
공격적인 장면을 본
그룹의 아이들은 어른이 행동한 것처럼
보보 인형을
주먹으로 때리고 발로 차고 때려눕히고 나무망치로 때

린다
　공격적이지 않은 장면을
　본 그룹 아이들은
　보보 인형을 쓰다듬고 차분히 껴안고 소꿉놀이를 한다

* 알버트 반두라(심리학자)의 보보 인형 실험에서 인용

종이 한 장

길가에 피어 있는
한 포기의 이름 없는 풀꽃
길 위에 굴러다니는 돌멩이

낯선 소리에 짖어대는 이웃집 강아지
밤낮으로 눈치 없이 우는 고양이

그들이 갖지 못한 종이 한 장

두 발로 걸어 다니고
말을 하고
표정을 짓는

종이 한 장으로
나만의 집을 짓고
건물 등기부 등본에
이름이 올라가고

나만의 사랑으로
추운 겨울날 태어난 아기에게
이름을 지어주고

출생 신고를 하고
주민등록등본에 이름이 오르고
한 가문의 족보에 이름이 오른다

쉽게 흔들리지 말라고
뿌리 깊은 종이 한 장 심었다

달빛에 더욱 푸른

깊고 깊은 산속의 숲을 보러 간다
푸르고 큰 나무를 보러 간다
가는 길은 징검다리를 건너야 한다

그의 넓은 등을 밟고 건너야 한다
표정 없는 따뜻한 등을 내어주고
어설픈 햇살이 인사하면
행간에서 행간으로 살짝 건너간다

어디로 가는지 알 수 없는
바람이 지나가고
어스름 달빛이 소리 내어 건너가도
표정 하나 변하지 않고 움직이지 않는다

푸른 달빛을 건너뛰는 길
출렁이지 않는 잔잔한 물결에
짧은 호흡은 긴 호흡으로 조절하고
족집게처럼 콕 집어낸 문장은
가차 없이 빨간 밑줄이 그어진다

건너는 발걸음 기우뚱거릴 때

균형을 잡아주고 버팀목이 되어준

반듯한 그의 등

달빛에 더욱 푸르고 빛난다

묵시록

초롱꽃의 얼굴이 초롱이다

하얀 초롱에 불 꺼지면
보랏빛으로 말라간다
불 꺼진 초롱은 흐트러짐 없이
도도하게 그대로 서 있다

한낮 고요에 빠진
마른 꽃잎은
쏟아지는 뜨거운 햇살에 졸다가
소리 없이 불어오는 바람에
닫힌 입술이 달싹거린다

마른 꽃잎은
릴레이 마라톤처럼
대기하고 있는 다음 주자에게
바통터치를 해
다음 꽃의 이야기를 기다린다

꽃 진 자리 옆자리에 꽃이 피고 지기까지
봄에서 가을까지

계절을 건너고 시간을 건너
꽃의 이야기는 이어진다

망중한 즐긴 초롱꽃이
다시 초롱을 들고 불 밝힌다

오지라퍼

난 할 일이 많아요
잡힌 계획은 없지만 바빠요
그렇다고 누가 시킨 적도 없어요
난 누구의 눈치를 보지 않아요
난 낄 끼 안녕 규칙을 몰라요

난 생각하면 행동으로 옮겨요
내 생각만 해요
상대방 기분 감정 따위는 생각하지 않아요
뭐든지 참견 간섭하고 싶어요
어떤 자리라도 끼어들고 싶어요

난 척척 해결사라고 생각해요
척척 내뱉지 못하고 참으면
입술이 파르르 떨려요
백설기 먹고 참으라 해도 쑥떡 먹고 참지 못해요

검은색 옷은 왜 입었냐
오늘 머리 손질이 왜 그 모양이냐
그 자리에서 왜 그런 말을 했냐
그런 댓글을 왜 달았냐고 말해요

〉

나의 소리를 상대의 소리에 덧칠하고 싶어요
나의 말을 상대의 말에 덧칠하고 싶어요
나의 글을 상대의 글에 덧칠하고 싶어요

난 서로 다른 소리와 소리가 충돌하는 줄 몰라요
난 서로 다른 말과 말이 충돌하는 줄 몰라요
난 서로 다른 글과 글이 충돌하는 줄 몰라요
난 내가 오지랖이 넓은 줄 몰라요

날고 싶어요

경고장이 날아왔어요
무리 지어 날면 안 된다고

우리 모두 아파요

비행구역을 한번 벗어나
따가운 가시의 습격을 받았어요
부리에 뿔이 돋았어요

비상이 걸렸어요
빛의 속도로
허공을 침범해 오고 있어요
강력한 거리 두기를 해요

움직일 수 없는 새장 속
체중만 자꾸 늘어나요
다이어트 정보 알고리즘 따라
고구마 줄기처럼 줄줄 나와요
따라 해 보아도
정체된 살은 빠지지 않아요

〉
처음 겪는 힘든 시간
허공에서 서로 얼굴을 붉혀요
고장 난 비행을 서둘러 벗어나고 싶어요
날갯짓 삐걱거리는 새

미세 플라스틱

패스트 패션이
파도처럼 밀려오고 있다

진열장에 걸린 옷은
2주 만에
새 유행의 밀물에 밀려 난파된다

짧아진 옷의 수명
난파선에서 나온 조각처럼
새로운 옷들이
쓰나미 되어 밀려온다

나는 플라스틱 바다에
익사하고 있다
그 많은 옷이
세탁기에서
열일 하며 토해내는 미세물질

물고기 미역 김 소금
몸속으로 밀어 넣고 있다
내 몸속으로 밀어 넣고 있다

〉

빠르게 변하는 세상 속
내 몸속에
빠르게 스며들고 있다

깜깜 절벽

요뿔러스입니다
무엇을 도와 드릴까요
응
여보세요 고객님
기쁨이냐
고객님 요뿔러스입니다
뿔났어요
요뿔러스입니다
뿔이 났다구
뿔이 난 게 아니고 인터넷 업체입니다

거기가 어디예요
고객센터입니다
미장원이라고
미장원이 아니고 고객센터입니다
미장원에 뿔이 났다고
뿔이 난 게 아니고 요뿔러스입니다

그럼 어떻게
그런데 우리 번호를 어떻게 알았어요
고객님께서 이쪽으로 거셨습니다

거기가 어디예요
부산입니다

데칼코마니

산이 호수에 거꾸로 빠진다
우뚝 솟은 나무들
호수의 파란 여백에
거꾸로 심는다

바람의 방향 따라서
나무들이 거꾸로 드러눕는다
드러누웠다 일어섰다를
거꾸로 반복한다

나무에 앉은 새들이
호수에 거꾸로 빠진다
재재거리며 수시로 변하는 표정
호수의 검은 여백에 거꾸로 빠진다

허공이 호수에 거꾸로 빠진다
바람이 호수에 거꾸로 분다
허공의 좁은 바람 호수를 흔든다
호수의 흰 여백에 거꾸로 분다

바람이 몰고 온 노을이

호수에 거꾸로 빠진다
호수의 붉은 여백에
노을이 거꾸로 물든다

손바닥 세계

툭 터치하면 나타난다
클릭 한 번에 펼쳐지는
크고 신기한 세계
손에 든
작은 공간은 큰 공간이 된다

가고 싶은 곳
듣고 싶은 음악
보고 싶은 영화
클릭 한 번으로

에펠탑이 보이고
로키산맥이 보이고
푸른 도나우강이 보인다

여행지가 나를 검색하고
항공권이 나를 예약하고
쇼핑몰이 가방을 메고
운동화를 신고 옷을 입고
카카오 페이로 나를 결제한다

밴 클라이번 콩쿠르대회에서
최연소 우승자가
지휘자를 울게 만든
라흐마니노프 피아노 협주곡 3번
신들린 연주를 듣는다

지하실이 잔디밭으로 튀어나오는
영화를 보고
수업 중에 드러눕는 웹툰 만화를 본다

천사의 나팔꽃

별빛 쏟아지는 하늘을 내려와
천사가 나팔을 분다

큰 꽃송이가 감당하기 버거워
얼굴 들지 못하고

궁리 끝에 땅을 향해
세상을 향해 거꾸로 매달린다

할 말이 가득한 모습으로
흔들리는 그대 향기

낮은 자세로
낮은 자세로
순한 사랑을 나팔로 불어댄다

어둠이 내리면 사라지는 빛처럼
땅의 사치는 순간이고
덧없는 사랑은 부질없고
불같은 심장은 사위어간다

천사는 끝까지 천사이다

장마와 불볕더위

채송화는
제 자리에 앉아 있고
장마와 불볕더위가
자리를 바꾼다

직박구리
그늘을 찾아와 울다 가고
아침부터 울어대는 매미
소리를 질렀다 멈췄다
찌르르 찌르르
소리 간격이 좁다

주택가로 출몰한 족제비들
담벼락 틈을 숨어들고
나무 위를 오르내리며
펄펄 끓는 소리
울음인지 웃음인지 우우 걸린다

장맛비에 다 쓸려간 봉숭아꽃
손톱에 꽃물 들이고 싶은 마음도
쓸려가고 만다

요
뿔
러
스

김순옥

제2부

블라우스

크리스탈 눈꽃 조명 아래
시스루 블라우스를 입고
공연하는 마네킹
꽃처럼 피어나 빛난다

잠자리 날개 달고 가벼운 몸짓으로
구름 위를 하늘거리며 춤추는
꽃을 찾는 나비처럼
유리 너머 관객을 시선으로 끌어들인다

눈을 유혹하는 가벼운 몸짓
보는 순간 기분이 좋아진다
계획에 없는 잠자리 날개 외면하지 못하고
보들보들 살결에 볼 비비고 쓰다듬고
미소 짓는다

온몸으로 불태운 오늘 공연 끝난다
조명 꺼진 무대는 마른 꽃잎이 된다
완전히 사라진 불빛에 어둠이 내린다

늦었다고 말했다

수업시간 끝나고
모두 집으로 돌아간 뒤
홀씨는 날아가고
민들레 노래도 끝나고

푸른 그늘 무성한
여름 지나고
수다를 달고 온
왁자지껄 가을에

나도 세상 밖으로 나가고 싶어
꽃을 피우고 싶어
홀씨 되어 날아가고 싶어
외치는 소리

봄이라 착각했는지
봄 햇살을 기억하며
보도블록 어둠을 걷어내
틈을 비집고
노란 꽃대를 밀어 올린 민들레

〉
수업 끝난
교실에 홀로 앉아
늦은 과제를
서둘러 풀고 있다

희미하다

가두어 놓은 어떤 기억
무뎌진 새장 속에 녹슬고

시간 속에 뽑힌
가여운
억울한 깃털
허공 속으로 퇴색되어 간다

녹슨 기억은 쌓여가고 −
무디어 가는 부리
말라버린 눈물 희미해진다

서쪽 하늘로 날아가며 흘리던
그 눈물
그 부리를
애써 소환해본다
작은 조각들 불러도 보고
꺼내 보아도
깃털은 완성되지 않는다

희미한 서쪽 노을
저편으로 흩어지고 있다

회복기

아물지도 않은 아픔에 또 아픔을 덧칠한다

태풍은 또 다른 태풍을 몰고 와
무너진 산이 또 무너지고
무너진 다리 또 무너지고
무너진 집이 또 무너진다

없어진 길이 또 없어지고
깨진 유리창이 또 깨어지고
너덜거리던 철 대문 날아간다

넘어졌다 일어나
발을 떼지 못하고 휘청거리는 사람
가는 다리로 폭풍을 버티는 황새

솟구치는 파도에 사라진 길을 찾는다
길이 바다가 되고
바다가 길이 된 길에 물고기들이
파닥거린다

배춧값은 날마다 널뛰기한다

장마

산이 무너지고
집이 무너지고
집이 정수리까지 물이 차고

집이 익사하고
나무가 익사하고
자동차가 익사한다

길이 떠내려가고
길이 사라지고
사라진 길을 따라
닭들이 떠내려가고
소들이 떠내려간다

겨우 구출되어
옥상으로 대피한 어미 소는
어려움을 뚫고서 새끼를 낳는다

다가갈수록 더 달아나는 해
언제 볼 수 있을지
시름은 깊어가고 지쳐간다

빈 잔

비어 있어도 채워져 있다고 적는다

처음부터 비우고 채우기를
수없이 반복하는 일을 알고 있다

태어날 때부터
비어 있어야 채워진다는 것을 알고 있다

채우기 위해 어루만지고 쓰다듬고
물속에서
손끝이 바빠지면 사건에 눈을 뜨고
갈증이 나면 물을 채우고
커피가 생각나면 커피를 채운다

하루 일 끝나면 제자리로 돌아가
그늘에 엎드려 오늘 한 일을 돌아보고
그림자로 침묵한다

길을 가다가
어떤 날은 이유도 모른 채
산산조각이 난다

라면

바짝 마르고 건조한 몸
황금 수프와 조각난 채소 건더기
끓고 있는 물속으로 빠진다

냄비 속에 몸을 맡긴 채워지지 않는 허기
물이 차오르는 가벼운 몸
자꾸 떠올라 조금만 참으라고
반복하여 꾹꾹 누른다

면과 잘 어울리는 떡국은
잠수했다가 가벼워지면 올라온다

마른 면은 맛없어 보인다
들었다 놨다 몇 번에
황금 간이 배어들 때 입맛 다신다

위장을 생각한다면 순한 맛
매운맛에 중독되어
먹고 나면 속이 뒤집힌다
끊을 수 없는 매운맛

익은 김치와 최고의 조합을 이루며
허기진 허기를 채운다

밤마다 부스럭거리며 봉지를 빠져나온다

화장의 문

피부 결을 따라 마사지하듯 어루만져요
가벼운 것을 시작하여
무거운 것으로 마무리해요

세안 후 얼굴이 당겨져요
수분이 사라지기 전
촉촉이 스며들게 톡톡 두드려져요

눈 이마 주름이 구름처럼 층을 이뤄요
눈 그늘이 그림자를 만들어요
쌀알만큼 점을 찍어 가볍게 두드려줘요

윤기라고는 보이지 않는
푸석푸석한 피부가 싫어요
영양 보충을 해줘요
여러 번 반복해 두드려줘요

흘러내린 처진 피부 힘이 없어요
앰플 처방으로 부풀려
빵빵하게 팽팽하게 끌어 올려줘요

검고 칙칙한 피부가 싫어요
내 얼굴을 표백해줘요
동전만큼 무겁게 펴 발라줘요

도자기 반죽처럼 매끈하게 해줘요

황금 솥

온 가족이 모이는 날에는
쇠고깃국을 끓이고

벼 베는 날에는
무를 깔고 갈치 찌개를 끓이고

추수 끝나는 날에는
논에서 노란 미꾸라지를 잡아
추어탕을 끓인다

쇠고깃국이 쌓이고
갈치 찌개가 쌓이고
추어탕이 쌓인다

그 빛을 지키려 닦고 또 닦은
치열했던 날 사라지고
많은 시간이 지나간다
오랫동안 아꼈지만 닳고 닳는다

퇴색된 황금색이 달아나고
은백색 솥이 된다

그 빛났던 모습은
찌그러진 모습에서 더 찬란하게 빛난다

합리적인 순간

조금 일찍 피면
꽃잎이 모자랄까 봐
조금 늦게 피면
꽃잎이 넘쳐날까 봐

이때를 놓치면 안 된다는 듯
조개구름
환하게 미소 짓고
내려다볼 때 웃어야 해

따가운 햇볕
얼굴 내밀 때 받아야 해
나긋나긋 바람
불어올 때 느껴야 해
휘파람새 휘파람으로
신호 보낼 때 들어야 해

종소리 은은하게
퍼져나갈 때 들어야 해
평온한 마음이
자리 잡을 때 모여야 해

응원가를 새기며
힘을 내어 피어나야 해

투표

오늘은 사전투표 하는 날

전국 쇼핑몰에서는
마음에 드는
잘 벼린 연장 골라 한 표 산다

돌보지 않는 넓은 밭
풀은 무성하고
날아든 벌레들 꼬물거리고
날아온 돌 이리저리 굴러다니고
방치된 밭 헉헉댄다

돌을 골라내고
풀이 낫을 베고
풀이 호미를 뽑고 할 수 있지만
그 넓은 밭을 정리하기는

시간이 오래 걸려
잡초를 한 방에 확 날려줄
예초기에 한 표

비릿한 허공에 풀 향기 날리고
끈적이며 달라붙는 진딧물
흔적없이 바람에 부서진다

나의 도구는 투표

순간 기록

놓치면 안 되는
놓치고 싶지 않은
이 순간을 저장한다

광안대교의 휘황찬란한 불빛을
광안리 밤바다에 팡팡 터지는 불꽃놀이
수없이 밤하늘을 아름답게 물들이는
수많은 사람이 환호하며 손뼉 치는 순간을

저장된 시간을 터치하여 꺼내어본다
정지된 시간을 다시 되돌린다
지난 시간은 돌아와
기쁜 순간이 된다

광안대교의 불빛은 여전히 빛나고 있다
밤바다의 불꽃은 여전히 팡팡 터지며
밤하늘을 수놓고
수많은 사람은 여전히 환호하며 손뼉을 치고 있다

그 불빛은 사라지지 않는다
그 불꽃은 꺼지지 않는다
그 환호와 손뼉 소리는 사라지지 않는다

단추와 단춧구멍 사이

왼쪽 옷깃 아래
일렬종대로 매달린 동그라미
오른쪽 옷깃 아래
일렬종대로 구멍 뚫린 숫자 일
마주하며 하나 되기를 원한다
수평을 꿈꾼다

바늘과 실이 함께하듯
동그라미는 숫자 일을 만나러 건너간다
둘이 만나 하루를 시작한다
흐트러진 모습을 가다듬는다

종이와 볼펜이 만나 하루를 써 내려간다
화려하고 밋밋하기도 한
동그라미를 보듬는다
고단한 하루가 지나간다

만나자고
이쪽이 저쪽에게 말을 건다
이쪽이 저쪽으로 건너간다
저쪽이 꼼지락거리며 옷깃을 여민다

해변 열차

아무도 찾지 않던 버려진 철로
동해남부선 기지개를 켠다
꾹꾹 누른 무게 털어내며
망중한 아닌 망중한 끝내고
잠자던 평행선 깨어난다
수없이 달리고 달리던 철로
그때 떠올리며 다시 살아난다

앞뒤 구분 없는 해변 열차
걷는 듯 가볍게 달리는
장난감 같은 하늘 캡슐
미포 달맞이 청사포
낯익은 이름을 불러 세운다

얼마나 달려가고 싶었을까
얼마나 애태우며 기다렸을까
뜨거운 포옹을 나누고 힘껏 악수하고
하이파이브도 한다

물비늘 은빛으로 펼쳐진 바다
가을 햇살에 눈 부시다

풍경에 빠진 빛바랜 추억이 떠오르는
열차는 청사포 정거장에 도착한다

언덕에 서 있는 붉게 물든 마가목
레일의 꽁무니를 굽어보고 있다

악화는 양화를 구축한다

온 세상이 폭풍으로 시끄럽고 흔들린다
세상의 찌꺼기들이 바람에 날린다

난무하는 많은 말들이 허공을 오간다
이 공간 저 공간을 드나든다

사실 확인 없이 날개를 달고 날아다닌다
앞부분 뒷부분 떼어 바람에 날려버리고
살을 붙인 중간 부분만 돌아다닌다

스펀지 물 스미듯 매일 듣다 보면
거짓이 진실이 된다
한순간에 젖어 든다

가짜가 진짜 노릇하며 자리 잡는다
가짜가 진짜를 쫓아내고 있다

제3부

장산 계곡에서

푸른 나무들만 보아도 내 눈이 젊어진다
내 눈이 푸르다

높은 하늘만 쳐다보아도 내 눈이 젊어진다
내 눈이 높아진다

노래하는 새소리만 들어도 내 귀가 젊어진다
내 귀가 맑아진다

싱그런 풀냄새 흡흡 맡으면 내 코가 젊어진다
내 코가 춤춘다

바람이 조그만 불어도 내 몸의 먼지 비늘이 흔들린다
내 몸의 먼지 비늘이 춤춘다

통나무에 기대어 툭툭 등을 치면 나른한 내 등이 가볍다

거침없는 양운 폭포 소리에 계곡은 늘 젖어 있다
계곡은 늘 깨어 있다

수선화

나를 너무 사랑하기로 한다

연두가 눈을 뜬다
아직은 어설픈 봄날
얇은 햇살을 잘라먹고
졸린 눈 비비고 얼굴 내민다

속내를
숨길 수 없는
연못에 비친 내 모습 황홀하다

점점 밀려오는 외로움
점점 깊어가는 외로움
물속으로 몸을 던진다

나는 외로워하지 않는다
사랑하다 꽃이 될 테니까
어느 누가 비난해도 꼿꼿하고 당당하다
나를 사랑한다고

그 외로움의 순간은 외로움이 아니고

나를 사랑하는 순간이라고
나는 외로워하지 않는다
사랑하다 꽃이 되었으니까

볼을 스쳐 가는 바람이 간지럽다
물가에 꽃 한 송이 피어난다

군자란

얼어붙는다
잊는다는 것이
그냥
마음도 얼어붙는다

수줍은 미소 잃은
푸른 잎들은
동상 걸린 발처럼 부풀어 오르고

학처럼 고고한 자태
끓는 물에 데친
채소처럼 흐물흐물 흘러내리고

저만치 밀쳐놓은 기억
잊은 지 오래다

느낌을 알아차렸는지
나 죽지 않고 살아 있다고
턱을 괴고 허공을 응시하며
보란 듯이 꽃대를 밀어 올린다

목까지 차오른 햇살에
다섯 장의 꽃잎을 피우며
우아한 부활을 꿈꾼다

오월의 장미

장미를 따라 핀 산책로 끝없다

불같은 심장으로 피어나
붉디붉은 소리

붉은 수다로 시끌벅적한 늪
꽃의 웃음으로 오월이 가득하다

얼굴 가득 웃음 번진
꽃의 늪에 빠진 사람들
여름 뙤약볕처럼 달아오른다

바람을 부르는 붉은 향기에
얼굴 붉어진 사람들
짙은 향기에 취하고
화려한 모습에 취하지만

뒤에 감춘 가시가 있지
붉은 수다에 찔린 상처
뾰족한 가시가 깊고 깊다

사랑하지만

멀리서 바라볼 뿐

경계를 늦추지 않는다

빛의 바다

빛의 터널을 지나가는 동안
넌 잘하고 있어
오늘 하루 수고했어
별보다 빛나길
더 나은 그 날을 위해
위로와 응원의 글귀가 빛난다

바다로 가는 건널목
푸른 신호를 기다리는 그 앞은
끊임없이 바뀌는 빛이 눈길을 끈다

출렁이는 파도 소리 들으며
밤바다에 어둠이 내린다
어둠이 빛을 부르고
빛을 부른 어둠 별을 부른다
별빛은 모래밭에 빛난다

은하수가 푸르게 내려앉은 모래밭
빛의 파도는 발자국들을 부른다
발자국 위에 또 다른 발자국을 낳고
빛을 찾아든 물결은 또 다른 물결을 낳는다

파도 되어 밀려가고 밀려온다
모래밭에 묻은 사연 밤바다에 두런거린다

온기 뿜으며 춤추는
황금빛 나무가 바닷속으로 뛰어든다
밤바다를 지키는 빛의 성
아쿠아몬드에 병목현상이 심하다
빛의 겨울 바다는 그렇게 깊어간다

봄비

쓰다 멈춘 계절 일기장에 봄비가 내린다
세상의 모든 그릇으로
써 내려가라고
아무도 모르게 가만가만이 비가 내린다

솜털 보송보송한 목련 나무에
흰 붓으로 일필휘지
써 내려가라고
아무도 모르게 가만가만이 비가 내린다

입술 뾰로통한 명자나무에
붉은 립스틱으로 울퉁불퉁
아무도 모르게
써 내려가도 가만가만이 비는 내리지 않는다

왕관을 매단 산수유나무에
노란 구슬로 유유히
아무도 모르게
써 내려가도 가만가만이 비는 내리지 않는다

메마른 내 심장의 멍울에

보라색 손으로 조금씩 조금씩

아무도 모르게

써 내려가도 가만가만이 비는 내리지 않는다

헤엄치는 밤

푸른 잎으로 나무는 출렁이고
허공을 향해 새는 날아가고
파도는 밀려오고 밀려가고

비를 따라온
바람은 길을 잃고
장맛비는 그칠 줄 모른다

깊어가는 7월의 밤
창문을 파고드는 빗소리에
잠은 오지 않는다

이쪽으로 누워도
저쪽으로 누워도
밤은 바뀌지 않는다

막무가내다

시간을 끌고 가는 물고기
마음대로 날 수 있는 새가 부러운
날개를 달고 싶은 물고기

밤을 뜯어 먹으며
밤바다를 헤엄치고 있다

배롱나무

얼마나 고통스러웠을까
입술이 부풀어 터지고 갈라지듯
붉은 살이 북북 찢어지는 아픔을

생살이 터져나간다고
얼마나 외치고 싶었을까
알몸을 보여주기 얼마나 부끄러웠을까

곁에 있는 한낮의 그늘이 알아줄까
먼지를 몰고 오는 바람이 알아줄까
장작처럼 불타는 태양이 알아줄까

그래도 꾹 참아야 하니까
그건 꼭 해야 할 일이니까

산모의 진통은 그 순간 지나면
잊어버리듯
아픔 없이 어떻게 꽃을 피울 수 있을까

석 달 열흘 동안 흰말을 쏟아내고
흰 말을 춤으로 보여주고
흰 말을 울음으로 토해내고

9월에

젖은 책장 읽지 않고
남겨 놓은 채
다음 책장으로 넘긴다
8월에 해석하지 못한
남은 문장 다시 읽는다

까슬까슬한 바람 불어오면
젖은 문장 햇살에 내다 말리고
해석하지 못한 문장
서둘러 풀어 말린다

풀 먹인 이불 홑청
지그재그로 잡아당겨
주름 펴고 까슬까슬 말린다
얇아진 햇살에도
8월의 뜨거운 햇살을 기억하며
문장들은 톡톡 튀어 올라 선명하다

마당에는 때깔 고운 고추가
따글따글 붉게 말라가고
뒤뜰 감나무에는
깨 감이 따글따글 붉어간다

겨울나무

햇살을 안고
꽃잎의 꿈을 키우던
봄날을 기억하며

무성한 푸른
그늘의 여름을 기억하며

단풍으로 채색된 모습을
환호하던 가을을 기억하며

긴 겨울 어둠 속
허리 휘어지고 꺾이는 칼바람에
뿌리 내린 흙
움켜 쥐고 버틴다

한 시절 치열했던 날
한 시절 찬란했던 날
한 시절 화려했던 날 훌훌 떨쳐버리고
빈 몸으로 서 있는 나무
비껴가는 사람들의 시선

발밑에 바스락거리며 밀려나고 있다

나목에 찾아드는 서리꽃 하얗게 빛나고 있다

바람의 거짓말

그 겨울은
바람만 불어 슬픈 나날들
휘몰아치는 깊은 바람 속
절벽에 선
나무 한 그루
고요하고 푸르다

약을 받은
손 달린 의자
약으로 씨줄날줄을 엮은
호주머니 없는 재킷
없는 싱크대 속으로 숨은 약
다른 이름만 있는 출납 기록

약을 준 적이 없다고
거짓말을 했다고
말을 뒤집었다고
바람의 문장은
뉴스 자막을 흔든다

거짓말이 알을 낳고

알이 거짓말을 낳고
바람의 힘으로
태풍의
이야깃거리를 낳는다

바람이 자꾸만 나무를 흔든다
너무 센 바람에
아래로
절벽 아래로
추락하는 큰 나무

겨울 바다

수많은 사연
모래밭에 묻어두고
아무 일 없었던 것처럼
은빛 햇살 촘촘하게 내리는 바다

수없이 드나드는 파도에
밀려난 봄 여름 가을
무더기로 지워진 계절
무더기로 지워진 사연
능청스럽게 기억하며 너스레를 떤다

소금기로 끈끈한 물새들
더딘 날갯짓으로 파닥거리고
파도는 늙은 인어공주의
파랗게 녹슨 몸 쓰다듬는다

움직임이 게으른 배
멈춘 듯 기어가는 듯
수평선 아래
액자 속 그림처럼 떠 있다

〉
시간은 가고
사연만 남아
붉게 물든 바다에
까치 놀이 지고 있다

울릉도

액운은 올 엄두도 못낸다
향나무 향기로
뱀은 얼씬도 못하고

풍경 속 그림의 울창한 숲속
원시림 사이로 떨어지는 봉래폭포

솟아오르는 바닷속 우물
부드러운 온천수
너무 미끄덩거려 손을 씻고 또 씻는다

눈길 가는 대로 펼쳐지는 모노레일
기차는 없는데 언덕을 달린다
명이나물 삼나물 전어 나물 부지깽이나물
풀 베듯 낫으로 쓱쓱 베는 나물 세상

입에 달게 쩍쩍 달라붙는
조 막걸리와 삼나물 초무침
전어 나물은 있고 전어회는 없다
도동항의 오징어
반 피디기로 해풍에 말라간다

〉
멀리서 들리는 기차 소리 같은
구름이 급하게 달려간다
두 개의 신호등을 건너
두 개의 터널에 닿는다

이수도

낯설지 않은 갯내음과 갈매기들이 반긴다

이로운 물의 섬
골목골목마다
이로운 민박집 사람들이 살아가고 있다

민박집 주인이 어부이고
어부가 민박집 주인이다

임금님 수라상 부러워하지 않는
어부의 만찬 1박 3식

섬에서 잡은
해산물 해초로 밥상을 차린다
장어구이 낙지탕탕이 광어회 방어회 생선조림
문어 숙회 새우구이 생미역 파래 꼬시래기 가시리
무침 풍성하게 차려진 밥상
허기진 배 꿀맛으로 채운다

부처님 귀를 닮은 민박집 주인의 귀
여행객 목소리에

큰 귀를 열어 후덕한 인심에
주인의 맛깔나는 입담에
이야기꽃이 파도처럼 피어난다

미역밭

미역밭은 바다에 있다 '파래바탄 고르덤 웃장디 아랫장
디'

고향 바다의 미역밭

들판의 가을걷이가 끝날 때쯤 바다에도 미역 농사를 위
한 채비를 한다

바윗돌 이물질을 긁어내고 닦는 실게르질을 한다

어이샤 어이샤/이 돌을 실글려고/찬물에 들어서서/

바다의 용왕님네/고부구비 살피소서/나쁜 물은 날물 따
라 물러가고/

미역 물은 들물 따라 들어오소/백색같이 닦은 돌에 /많
이 많이 달아주소/

실게르질 노래를 부르면서 돌 씻기를 한다

썰물에 드러나는 돌에다 쇠붙이가 달린

나무막대로 돌을 갈아엎고 바닷속을 뒤집는다

뒤집은 속 보여주며

우는소리로 바다가 쿵쿵 들썩인다

하얗게 닦인 돌 위에 물결 따라 자리 잡은 미역 포자들

겨울 동안 소리 없이 몸을 키우고 거친 파도에 휩쓸리
며 거칠게 자란다

바다에 봄이 오면 무명천으로 만든 얇은 잠수복을 입고

물속으로 뛰어든 해녀들은 숨비소리 바다에 띄우고 봄

을 건져 올린다

　건져 올린 자갈밭은 검붉게 물든다

　자갈밭에 산더미 같은 근심 널어 말린다

　자갈밭에 산더미 같은 미역 널어 말린다

　자갈밭을 달구는 따가운 햇볕 받으며 미끄덩거리는 근
심이 손끝에서 말라간다

베란다 텃밭

텃밭에 봄이 온 베란다
푸르게 웃는다

방울토마토 청양고추 상추 치커리 케일
좁은 틈을 타고 온 바람에 일렁이며
창을 뚫은 햇살에 수다를 떤다

방울토마토 고추는 지줏대를 세워주고
노란 꽃을 밀어낸
구슬 같은 방울을 매단 토마토
하얀 꽃을 밀어내며
매운 몸을 만든 청양고추

작은 꽃도 꽃이라고 벌이 찾아오고
상추는 물을 좋아해 물만 보면 웃는다

케일은 녹즙으로
상추 치커리는 쌈으로
청양고추 몇 개 따다 된장찌개 보글보글 끓인다

제4부

푸념

여름 장마 다 지나갔잖아
끝났어
눅눅한 바람 밀어내고
건조한 바람 반기며 즐기려 하잖아

가을장마
장마가 웬 말이냐
천둥 번개가 웬 말이냐

아직도 못다 한 일이 남았는가
아직도 울 일이 남았는가

변덕쟁이 말 뒤집듯
울었다가 웃었다가
자주 괭이밥
꽃잎을 폈다가 접었다가
우산을 폈다가 접었다가

술래잡기

숫자 세다가 찾아 나선다
아이들 놀이터
구름다리 뒤에도 가보고
정글짐 뒤에도
미끄럼틀 그네 뒤에도
회전목마 뒤에도 가본다

심호흡하다 찾아 나선다
펼쳐 든 책에서도 찾아보고
컴퓨터 자판기 두드리며 찾아보고
작은 액자 속 사진에서도 찾아본다

무궁화 꽃이 피었습니다
노래하다가
구름 속에 숨은 해를 찾아 가보고
나뭇잎을 흔드는 바람을 찾아 가보고
울울창창한 푸른 산으로도 가보고
까치놀 붉은 바다로도 가본다

잡힐 듯 잡히지 않는
바로 눈앞에 있었는데

순간을 놓치면 순간에 사라져 버린다
난 항상 술래
시가 나를 부를 때
오래 기다린.

감천문화마을

레고 블록을 쌓아 놓은 것 같은 아기자기한 집
뒷집이 앞집을 내려다보고
앞집이 뒷집을 올려다본다

보일 듯 말 듯 길과 길이 이어지고
미로처럼 이어지는 골목길
힘든 삶의 아픈 시간
하루 벌어 쌀 한 되 팔고 생선 한 마리 사 들고
집으로 돌아오던 골목길

마당 한쪽 자리 잡은 텃밭에 푸성귀가 푸르고
옹기종기 모인 장독
된장 간장이 햇살과 해풍에 익어간다

우산 들고 골목 지키는 소년
골목마다 피어나는 벽화
큰 물고기 속에 작은 물고기 상표 헤엄치고
호랑나비 구절초에 날아들고 장수풍뎅이 따라 나온다

마을을 내려다보는 어린 왕자와 사막여우
어린 왕자를 찾는 포토존의 기나긴 줄

사막여우 한 곳만 응시한다

골목길에 찾아든
따뜻한 마을이 과거 현재 미래를 진행 중이다
빛바랜 의자 골목에서 휴식 중이다

추위

새는 어떤
특정한 한 계절을 좋아한다
위쪽을 선호하고
높은 지대를 좋아하고

먼저 그곳으로 찾아가 점령하고
냉정한 무기를 풀어 놓는다

예고도 없이 찾아든 새에게
당황하는 나뭇가지들
부동의 자세로 얼어붙는다
온몸으로 막아도 어쩔 수 없다

아래로
낮은 곳으로 이동하며
골짜기로 면적을 넓혀간다
마을과 저녁으로 번져가며
허공을 점령한다

어느 순간
깃털로 쌓은 벽이 맥없이 무너져

흔적없이 떠나가고
소리 소문도 없이 달아난다

조금씩 깎이고 있다

나는
인삼 향 오이 향 장미 향 라임 향
여러 가지 비밀을 가지고 있다

연두색 카키색 흰색 분홍색
여러 가지 작은 욕심을 가지고 있다

동그라미 세모 네모 마름모
다양한 얼굴을 가지고 있다

꽃의 이야기와 사탕의 이야기도 가지고 있다

누군가 내 몸에
글자와 그림으로 문신을 새긴 흔적이 있다

나는 아무도 모르게 조금씩 깎이고 있다

깎이고 깎여야만 다시 단단하게 채워진다고

따뜻한 손길에 부드러운 숨결로 스며들어
구름처럼 피어나는 꿈
마술처럼 순간에 나타났다 사라진다

아무 생각 없이

길을 걷는다
땅만 보고 걷는다
그저 걷는다
지나가는 사람이 몇 명이었는지
무슨 색의 옷을 입었는지
자동차가 지나갔는지 몇 대가 지나갔는지
눈에 들어오지 않는다

바람에 날리는 나뭇잎을 바라본다
그저 바라본다
그 나뭇잎이 어디로 날아갔는지 모른다
그냥 스쳐 지나갈 뿐
눈에 들어오지 않는다

바람에 흔들리는 무엇을 본다
이리저리 흔들리는 무엇을 본다
그저 바라본다
그것이 갈대인지 억새인지
노을 지는 언덕에서
은빛 날개를 털고 있는지
몸을 비비고 있는 것인지
눈에 들어오지 않는다

힘의 기술

자 보아라
반드시
보여주리라

밀치기 목걸이 모둠 치기
있는 힘을 다해 뚝심으로 밀어붙이고

목이 목을 조준하여 목을 치고
머리로 머리를 정면으로 치고

뿔을 좌우로 흔들어 뿔이 뿔을 치고
충혈된 눈으로
뿔과 뿔을 걸어 누르고 들어 올리고

뒤로 물러나는 듯하다
순간에 확 달려들어
땅이 꺼지도록 죽을 힘을 다한다

한치의 밀림도 허용하지 않는
팽팽한 긴장감에 숨 고른다

청 이겨라
홍 이겨라
응원의 함성
경기장 천장을 찌른다

청도 소싸움 배팅
실시간 전광판에 뜨는 배당률
재미로 해보는 우권을 쥔 손이 떨린다

아름다운 미끼

물고기가 낚시꾼에 걸리듯

낚였다
낚였어

움직이지 않던 마음이 움직인다
노랗게 빨갛게 유혹하는 단풍에

두리번거리던 눈이 멈춘다
넓은 악양 들판의 출렁거리는
황금빛 물결에

잠자던 몸의 세포들이 깨어난다
날아드는 새떼들을 기다리며
허공에 흐느적거리는 허수아비에

꿀맛의 붉은 단내들이 모여든다
나뭇가지가 휘어지도록 달린
악양 대봉감에

잘 걸리지 않는 시 한 편이 낚인다

가을 햇살을 넉넉하게 받으며
잔잔히 흐르는 섬진강물에

자화상

바다를 좋아해
속삭이듯 들리는 파도 소리에
그늘도 없는
바닷가 모래밭에 자리 잡는다

수줍음이 많아
일렁이는 바람에도 볼이 붉어진다
그만 간질이라고 말하고 싶은데
자꾸만 망설이다 말하지 못한다

수수한 걸 좋아해
화려한 걸 소화하지 못한다
시선 받는 게 힘들어
시도는 해보고 싶은데

여리고 겁이 많아
거친 바람과
큰 파도가 밀려오면 가슴이 쿵쾅거린다
천둥 번개 치면 심장이 벌렁거린다

한 곳에 오종 모여 있는 걸 좋아해

한낮에 꽃잎 시들어 졸고 있어도
마주 보고 있으면 힘이 된다
눈 맞추면서 이야기 들어준다

여리지만 강하기도 해
불볕더위 내리고 태풍이 몰아쳐도
척박한 땅에
뿌리 내리며 살아가는 갯메꽃

산책로의 긴 의자

무시 된 나의 감정은 오래된 시간이다
비가 오면 한 방울 두 방울 젖어 들고
눈이 오면 사박사박 쌓여 스며들고
거칠게 몰아치는 바람에도 버티며 견딘다

나는 움직이지 못한다
그냥 그 자리에 그대로 있다
앞으로 갈 수도 뒤로 물러날 수도
한 발자국도 움직일 수 없는 붙박이 몸

지나가는 사람 발걸음 소리 듣는다
걷다가 힘들면 잠시 쉬어가라고
어깨를 펴고 등을 기대라고

생각을 내려놓고
구름 한 점 없는 하늘을 쳐다보라고
구절초 향기를 느껴보라고
넓은 품으로 안아준다고 재촉해본다

바람이 지나간 자리 고요하다
누군가를 기다리고 기다린다

햇살이 좋은 가을날
내 외로움을 거풍 시키고 있다

리모컨 세상

남을 속이고
남의 것을 내 것처럼 뺏고
상상조차 할 수 없는
일들을 저지르고도
어찌 저렇게도 뻔뻔한지

자신을 한정할 수 없는
이탈이 허용되지 않는
쥔 손의 조정대로 반응하는
꾹꾹 눌러대는
손길에 닫힌 문을 연다

발로 차고 뺨을 때리고
가방을 뒤지고
악랄한 못된 놈에
분노가 치밀어 오를 때
극적인 끝을 맺는다

그 속에 펼쳐진
열린 세상 속으로
다시 보기로

드라마 세상 속으로 빠진다

드라마가 독해지고 있다
빠르게 변하는
치열한 경쟁 속 세상에
더 자극적이고 더
악랄해야만 살아남는가

그 속에 펼쳐진 열린 세상
열린 문을 닫는다
툭 내동댕이친다

발톱을 숨긴 맛

말 잘하는 DNA를 타고 난
친화력이 좋은
그녀에게 오늘도 빠져든다

똑같은 말을 하더라도 누가 하느냐에 따라
짠맛 쓴맛이 나기도 하고
단맛 감칠맛이 나기도 한다

아스팔트는 한낮 더위에 흘러내리고
그늘이 가만가만 내리는 긴 골목에
바닷바람 불어오는 방향으로
자리 잡고 앉는다

마주 보며 냉커피 한 잔으로 목을 축이고
단맛으로 쩍쩍 달라붙는
그녀의 이야기를 듣는다

알배기 겉절이는 밭으로 날아갈 듯이
나붓나붓 무치고
미나리 오이 향이 상큼한
오징어 회무침을 쓱쓱 버무리고

숙주나물도 조물조물 무치고
된장찌개 뚝배기에 보글보글 끓이고
튀김 같은 부추전도 바싹 굽는다

침을 삼키며 듣는
감칠맛 나는 이야기
긴 골목처럼 긴 여운이 남는다

알람

새벽을 깨우는 두 다리
며칠째
돌덩이처럼 굳어져 아프다

길이 막힌다
병목으로 좁아진 길
붉은 길이 막힌다

빠져나가지 못한 피
화석이 된 장딴지
긴급 투입된 교통 안내원
수신호 하며 붉은 길을 안내

살살 얼래다가 쓰다듬다가
천천히 달래다가
발가락을 잡고 스트레칭으로
막힌 길을 뚫는다

새벽을 울리는 알람
내일 또 울릴까
무섭다 무서워

옥돌 침대

구들장이 되면 안 되는냐고
다른 돌과는 달라
반지나 목걸이가 될 수 있지만
침대 구들장이 되기로 했어요

쪼개고 다듬고 두드리며
석공의 섬세한 손길이 닿아
광채는 나고 무늬는 은은하게
침대에 드러누웠어요

터치하면 온기로 겨울밤을 보듬고
아늑한 품을 내어주었어요
옥돌의 부드러운 숨결이 밤으로 가고
잠이 들어 꿈을 찾고 꿈을 꾸고 있어요

옥돌처럼 변하지 말라고 혼수용으로
부모님의 사랑 잊지 말며 효도용으로
날로 인기가 상승하고 있어요

변하지 않으면 떠나지 않기로 했어요

모독

콩을 콩이라 말하지 않고 팥이라 말하고
팥을 팥이라 말하지 않고 콩이라 말한다
색깔이 다른
콩은 콩이고 팥은 팥이다

감자를 감자라 말하지 않고 고구마라 말하고
고구마를 고구마라 말하지 않고 감자라고 말한다
모양이 다른
감자는 감자이고 고구마는 고구마이다

대파를 대파라 말하지 않고 쪽파라 말하고
쪽파를 쪽파라 말하지 않고 대파라고 말한다
크기가 다른
대파는 대파이고 쪽파는 쪽파이다

거울 언어의 고요한 환대

– 김순옥 시집 '요뽈러스'

최정란(시인)

들어가며

이미지는 세계를 비추는 거울이다. 거울은 유리이면서 유리를 넘어선다. 유리는 투명하지만, 투명하기만 해서는 거울이 될 수 없다. 모든 이미지를 삼켜버리고 되돌려 주지 않기 때문이다. 뒷면에 불투명의 어둠이 자리 잡고 있어야 거울이 된다.

유리에 검은 도료가 칠해질 때, 이미지는 문득 돌아서서 무한 바깥으로 튕겨나가며 세계를 반영한다. 삶이 거울이 되는 것은 죽음이라는 어둠이 도료로 칠해져 있다는 것을 인식할 때일 것이다. 인간은 죽음의 외부를 경험할 뿐이다. 막상 죽음의 내부로 들어가고 나면 자신의 죽음을 묘사하거나 증언할 방법이 없다. 살아 있는 인간은 자신의 죽음의 영원한 타자일 뿐이다. 대신 경험할 수 있는 불편과 불안과 고통과 슬픔과 결핍으로 죽음의 내부를 짐작한다. 이 불편과 불안과 고통과 슬픔과 결핍이 삶의 거울의 뒷면에 발린 도료가 된다.

거울은 이미지를 튕겨내 보인다. 거울 이미지는 시간 속에서 드러나고 사라진다. 모든 시는 삶의 거울에 비친 이미지를 문자의 거울에 반영한다. 문자의 거울은 시간 속에 이미지로 드러났다가 사라지는 삶의 순간을 고정시킨다. 거울은 이차원이다. 거울에 비친 삼차원의 사물과 세계는 필연적으로 왜곡되거나 굴절된다. 때로는 꿈의 이미지처럼, 때로는 물에 꽂힌 꽃의 줄기처럼. 이 과정에서 시인은 포착된 굴절과 왜곡이 창조하는 이미지의 세계를 시로 확보한다.

문자는 거울 이미지를 순간에서 영원으로 잡아두는 포충망이 된다. 시에서는 모든 이미지가 삶을 비추는 거울이 된다. 삶의 거울이 되는 이미지를 문자의 거울이 어떻게 잡아 둘 것인가가 시의 문제가 될 것이다. 문자의 거울 앞에 세운 삶은 때로 이미지가 왜곡되기도 하고 문자 그 자체의 구멍으로 이미지가 빠져나가기도 한다. 인간이 발명한 것 가운데 가장 완전한 동시에 가장 불완전한 것이 언어이고, 문자언어는 그 완전과 불완전의 모순을 잡아두는 도구이기 때문이다. 시는 그 모순의 도구를 휘두르며 이미지를 확보하는 고군분투이다.

거울은 표면이 고요해야한다. 표면이 울퉁불퉁 튀어오

르면 거울이 되지 않는다. 표면이 밖으로 돌출한 울퉁불퉁한 에너지로 가득할 때는 인간과 세계를 비춰보는 거울이 되기 어렵다. 유리가 아니어도 표면이 고요한 것은 모두 거울이 된다. 고요의 표면이 세계와 인간과 언어를 비춰주는 거울을 형성한다. 거울은 표면의 고요와 이면의 어둠을 전제로 한다. 내면의 들끓는 바람을 가라앉힐 때, 안으로 절제된 에너지가 고요를 이룬다. 절제되고 단정한 김순옥의 시편들은 편편이 세계를 비춰보이는 거울이다.

1. 자연의 거울

산이 호수에 거꾸로 빠진다
우뚝 솟은 나무들
호수의 파란 여백에
거꾸로 심는다

바람의 방향 따라서
나무들이 거꾸로 드러눕는다
드러누웠다 일어섰다를
거꾸로 반복한다

나무에 앉은 새들이
호수에 거꾸로 빠진다

재재거리며 수시로 변하는 표정

호수의 검은 여백에 거꾸로 빠진다

허공이 호수에 거꾸로 빠진다

바람이 호수에 거꾸로 분다

허공의 좁은 바람 호수를 흔든다

호수의 흰 여백에 거꾸로 분다

바람이 몰고 온 노을이

호수에 거꾸로 빠진다

호수의 붉은 여백에

노을이 거꾸로 물든다

– 「데칼코마니」 전문

　물감을 눌러 펼쳐 만든 데칼코마니는 선대칭의 우연성
이 창조하는 예술이다. 나비도 되고 새도 되는 선대칭의
세계는 사람이 개입할 일이 별로 없다. 수면을 대칭축으
로 물 바깥세상이 물속에 비친 데칼코마니 역시 사람이
개입할 수 없는 거울의 세계이다. 일상의 거울에 비친 세
계는 좌와 우가 바뀌지만 호수의 물 거울에 비친 세계는
위와 아래가 바뀐다. 하여, 호수의 수면을 대칭선으로 하
는 선대칭 세계의 이미지가 데칼코마니처럼 펼쳐진다.
물 위 세상은 원래 반쪽이어서 물속 세상이 합해져야 온
전한 세계가 되는 것 같다. 물속 세상은 바람도 노을도
허공도 여백도 모두 거꾸로 서 있다. 물구나무선 나무,

물구나무선 집, 물구나무선 산, 모두 위아래가 바뀐 세계이다. 자연의 거울 속에서 위가 아래가 되고 아래가 위가 된다. 물구나무선 세계는 위와 아래가 바뀐다는 측면에서 전복적이다. 현실 세계에서는 혁명 아니고는 위아래가 뒤바뀌기 어렵다. 물 바깥 현실 세계의 질서는 공고하다. 그러나 반쪽에 불과한 세계이다. 자연의 거울 속은 혁명이 이루어지는 낭만적 세계가 된다. 물속 세계는 환영이고 물 바깥 세계가 실재 세계이다. 물속 세계는 물 바깥 세계의 반영이다. 자연 속에서는 거울 속 세계와 현실 세계가 나란히 공존할 수 있다. 아래가 늘 아래이기만 한 것이 아니라, 아래인 동시에 위가 될 수 있는 세계를 보여준다. 위아래가 바뀐 세계는 낭만적 혁명의 세계를 환영으로 보여주면서, 현실에서 잃어버린 절반이 무엇인지도 보여준다.

김순옥의 시는 역사적 변혁의 에너지로 충만하다. 시적화자는 그 변혁을 갈구하는 희망을 사전투표라는 행동으로 드러낸다. "돌을 골라내고/ 풀이 낫을 베고/ 풀이 호미를 뽑고 할 수 있지만/그 넓은 밭을 정리하기는 // 시간이 오래 걸려/ 잡초를 한 방에 확 날려줄/ 예초기에 한 표// 비릿한 허공에 풀향기 날리고/ 끈적이며 달라붙는 진딧물/ 흔적 없이 바람에 부서진다//나의 도구는 투표"(「투표」). 시적화자는 사전투표에 참여함으로써 스스로의 한 표가 세계를 더 좋은 쪽으로 바꾸어 주기를 바라는 낭만적 희망을 실천한다. 제대로 정치가 이루어지지 않는 사회는 풀과 돌, 진딧물 가득한 밭으로 비유된다. 자기가 선택한 후보가 예초기처럼 강력한 도구가 되어 세계의 난무하는 부정을 한 방에 날려주기를 희망하며 한 표를 행사한다.

2. 신화의 거울

나를 너무 사랑하기로 한다 ·

연두가 눈을 뜬다
아직은 어설픈 봄날
얇은 햇살을 잘라먹고
졸린 눈 비비고 얼굴 내민다

속내를
숨길 수 없는
연못에 비친 내 모습 황홀하다

점점 밀려오는 외로움
점점 깊어가는 외로움
물속으로 몸을 던진다

나는 외로워하지 않는다
사랑하다 꽃이 될 테니까

어느 누가 비난해도 꼿꼿하고 당당하다
나를 사랑한다고

그 외로움의 순간은 외로움이 아니고
나를 사랑하는 순간이라고
나는 외로워하지 않는다
사랑하다 꽃이 되었으니까

볼을 스쳐 가는 바람이 간지럽다
물가에 꽃 한 송이 피어난다

- 「수선화」 전문

　신화의 거울 역시 물의 거울이다. 미소년 나르시소스
는 물에 비친 자신의 이미지를 너무 사랑한 나머지 물에
비친 자신의 얼굴을 향해 물속으로 뛰어든다. 나르시소
스가 죽은 자리에서 피어나는 꽃이 수선화이다.

　의문을 앞세운다면, 나르시소스는 물에 비친 이미지가
자신인 사실을 알았을까. 물에 비친 이미지는 아무리 고
스란히 반영한다고 해도 왜곡되고 굴절된다. 타인이 아
닌 줄 알았더라도 그렇게 사랑을 호소하고 결국 사랑을
향해 뛰어내리게 되었을까. 자신을 타자로 오인한 것 아
닐까. 자신이 타인인 줄 알았다는 것은 결국 자신이 누구
인지 몰랐다는 말이다. 자신을 알지 못할 때 비극은 필연
적이다.

자신을 자신이 아닌 다른 타자로 오해하는 것은 자아가 제대로 형성되지 않아서이다. 물에 비친 자신을 알아보지 못하는 것은 거울 효과 단계를 거치지 않아서이다. 자아개념이 형성되는 유아 시절 누군가가 그에게 보여주어야 할 거울이 결핍되었기 때문이다. 거울의 부재는 거울에 비친 자신을 알아보지 못하는 무지를 부른다. 무지의 미래는 비극으로 향한다.

이 시는 사랑하다 꽃이 되기를 선택하는 자기 의지를 피력한다. 시적 화자는 물에 비친 얼굴이 자신임을 알았으며, 자신과 사랑에 빠질 수밖에 없다. "나를 너무 사랑하기로 한다" 너무, 라는 부정의 부사는 이 지나친 사랑이 죽음으로 갈 것을 예측한다.

현대인은 자기를 사랑하지만 자신을 온전히 사랑하기는 어렵다. 타인의 비위를 맞추고 타인의 삶을 흉내 내느라 정작 자기 목소리를 잃어버린다. 타인을 질투하고 욕망하는 동안 정작 자기는 사라진다.

자신의 내면을 바라보는 일, 자신과 시간을 보내는 일은 예술가에게 필연적이다. 고독한 시간을 감내하지 않고는 꽃 피울 수 없다. 타인과 보내는 시간을 적게 할애하는 사람은 폐쇄적 자기애로 오해받기 쉽다. 타인의 오해를 무릅쓰고, 외로움을 무릅쓰고, 죽음을 무릅쓰고, 죽음의 경계를 한 발짝 더 나아가 뛰어내릴 때 비로소 시간을 뛰어넘는 작품이 창조된다. 수선화는 죽음 너머를 믿고 온전히 사랑을 바친 고독한 예술가의 초상으로 영원히 부활한다. 외로움과 타인의 오해는 아무것도 아니다. 사랑하다 꽃이 될 테니까.

3. 역병의 거울

코로나19라는 강력한 바이러스의 침공으로 확진자의 동선을 알리는 안전문자가 날마다 몇 번씩 들이닥치는 팬데믹 시절을 살았다. 안전문자는 시인에게 경고장으로 읽힌다. "무리" 지어 다니면 안된다고. 사회적 거리를 요구한다. 얼떨결에 닥친 역병의 명령을 따른다. 춤도 노래도 잔치도 문병도 금지된 암흑의 날들이 길었다. 무리 지으면 안된다. 금지는 욕망을 부른다. 사람과 어울리고 마음대로 다니고 싶다는 사소한 욕망이 금지되는 시절이 올 줄이야. 코로나19 변종바이러스들은 모두를 적어도 한 번씩 아프게 하고야 떠나갈 모양인지 여전히 마스크는 유효하다.

4. 테크놀로지의 거울

드라마가 독해지고 있다
빠르게 변하는

치열한 경쟁 속 세상에

더 자극적이고 더

악랄해야만 살아남는가

- 「리모컨 속 세상」 부분

테크놀로지의 발달은 외부 세계를 빠르게 내부로 전달한다. 무차별적으로 다가오는 정보는 항상 좋은 것만 아니어서, 때로 거칠고 사납기 짝이 없다. 원격 스위치는 텔레비전이라는 거울에 비친 세상을 보여준다. 뉴스의 거울은 기만과 폭력의 세계를 비춰 보인다. "남을 속이고 / 남의 것을 내 것처럼 뺏고/ 상상조차 할 수 없는/ 일들을 저지르고"도 "뻔뻔한" 사람들은 왜곡되고 일그러진 세상을 반영한다. 시적화자는 "악랄하고 못된 놈에/ 분노가 치밀어" 오른다. 뉴스 채널을 닫고 드라마로 옮겨가지만, 드라마는 "독해지고 / 빠르게 변하는/ 치열한 경쟁 속 세상"을 비춰보인다. "더 자극적이고 더 악랄해야 살아남는" 디스토피아를 향해가는 쓸쓸한 세계를 비춰보인다.

인터넷은 세계를 촘촘한 망으로 실시간으로 연결한다. 텔레비전이 세계를 일방적으로 보여주는 거울이라면, 인터넷 시스템은 세계를 쌍방으로 선택적으로 보여주는 거울이다. 스마트폰은 클릭 한 번에 세계를 손바닥 안으로 불러들인다. 테크놀로지의 발전은 쇼핑도 영화감상도 음악감상도 만화보기도 모두 클릭 한 번으로 가능하게 만

들었다. "툭 터치하면 나타난다/ 클릭 한 번에 펼쳐지는/ 크고 신기한 세계/ 손에 든/ 작은 공간은 큰 공간이 된 다"(『손바닥 세계』) 팬데믹 시대의 소외와 봉쇄를 그럭저럭 견 디게 하는데 일조를 하고, 비대면으로 나마 사회적 거리 의 틈을 채우고 사람들 사이의 연결을 가능하게 만든 것 이 인터넷 시스템이다. 세계가 차단되고 봉쇄될 것을 예 측하고 준비라도 한 것처럼, 오디오콜과 줌을 이용한 원 격 비대면수업과 재택근무 시스템이 즉각 가동되었다. 배달 시스템이 빠르게 확장되었다.

그러나 극도로 편리한 이 시스템은 인간의 타자화를 부 른다. 내가 여행지를 검색하는 것이 아니라 "여행지가 나 를 검색하고" 내가 항공권을 예약하는 것이 아니라 "항공 권이 나를 예약하고" 사람이 아닌 "쇼핑몰이 가방을 메고 / 운동화를 신고 옷을 입고" "나를 결제한다". 인간은 주 체의 자리를 빼앗기고 타자화되면서 사물화되는 지경에 이른다. 스마트폰이라는 거울 속에는 극도로 편리해진 인간 문명의 이기에 익숙해지며 타자화되어가는 인간이 비친다.

5. 사람거울

사람거울은 인간의 모방적 본성을 성찰하게 한다. "공 격적인 장면을 본/ 그룹의 아이들은 어른이 행동한 것처럼/ 보보 인형을/ 주먹으로 때리고 발로 차고/ 때려눕히고 나무망치로 때린다/ 공격적이지 않은 장면을/ 본 그룹 아이들은/ 보보 인형을 쓰다듬고 차분히 껴안고/ 소꿉놀이를 한다"(「보보 인형 실험」) 인간 행동 실험에서 폭력적인 행동을 보고 자란 아이는 폭력적인 행동을 하고, 평화로운 행동을 보고 자란 아이는 평화로운 행동을 한다. 사람은 본 것을 모방하고 흉내내고 따라한다. 아이라는 사람 거울은 어른을 원본으로 비춰 보인다.

난 할 일이 많아요
잡힌 계획은 없지만 바빠요
그렇다고 누가 시킨 적도 없어요
난 누구의 눈치를 보지 않아요
난 낄 끼 안녕 규칙을 몰라요

난 생각하면 행동으로 옮겨요
내 생각만 해요
상대방 기분 감정 따위는 생각하지 않아요
뭐든지 참견 간섭하고 싶어요
어떤 자리라도 끼어들고 싶어요

난 척척 해결사라고 생각해요
척척 내뱉지 못하고 참으면
입술이 파르르 떨려요
백설기 먹고 참으라 해도 쑥떡 먹고 참지 못해요

〉

검은색 옷은 왜 입었냐

오늘 머리 손질이 왜 그 모양이냐

그 자리에서 왜 그런 말을 했냐

그런 댓글을 왜 달았냐고 말해요

나의 소리를 상대의 소리에 덧칠하고 싶어요

나의 말을 상대의 말에 덧칠하고 싶어요

나의 글을 상대의 글에 덧칠하고 싶어요

난 서로 다른 소리와 소리가 충돌하는 줄 몰라요

난 서로 다른 말과 말이 충돌하는 줄 몰라요

난 서로 다른 글과 글이 충돌하는 줄 몰라요

난 내가 오지랖이 넓은 줄 몰라요

– 「오지라퍼」 전문

　사람에 대한 관찰이 정교하다. "상대방 기분 감정 따위
는 생각하지 않아요/ 뭐든지 참견 간섭하고 싶어요/ 어
떤 자리라도 끼어들고 싶어요" 어느 사회에나 이런 사람
꼭 있다. 스스로 "해결사"라고 자처하고 "행동으로 옮기
는 사람" "생각하면" 이라지만 본능적으로 생각 없이 행
동이 먼저 나오는 것 같은 사람. 상대방 기분 감정 따위
는 생각하지 않고 참견 간섭하고 어떤 자리라도 끼어드
는 오지라퍼의 옆자리는 사양하고 싶다. 옆에 있다가는
괜히 말과 글의 충돌이 일어날 수도 있고 행동의 충돌로

이어질 수도 있다. 사실 이런 사람이 곁에 있으면 불편하고 시끄럽다. 타인의 감정을 건드려 불편하게 만드는 행위는 예의가 아니고 에너지의 낭비이며 감정 소비다.

역설로 읽히는 재미있는 시다. 타인에 대한 관심을 말이나 행동으로 지나치게 드러내는 사람이 있다. 사람에 대한 관심에서 나온 좋은 의도라고 하지만 상대는 그 관심을 불편해하는 경우가 많다. 어떤 자리에서든 특별히 자기 말만 하거나 행동으로 말로 타인에게 개입하는 사람이 있다. 이 개입은 종종 타인의 감정을 건드려 불편하고 불쾌하게 만든다.

주제넘은 간섭이라는 부정적 뉘앙스를 지닌 오지랖의 바탕에는 타인에 대한 호기심과 궁금증이 자리하고 있다. 타인의 감정을 배려하는 일은 중요하다. 무례한 호기심은 청하지 않은 개입을 부른다. 아무리 좋은 의도에서 시작했다 하더라고 불편한 감정 폭력이 되는 경향이 있다.

타인의 비위를 맞추느라 자신이 할 말을 대부분 다 못하고 사는 세상이다. 심지어 가족 안에서조차 말은 신중해야 한다. 사회적 거리가 길어지면서 타인에 대한 정상적인 관심까지도 접어야 하는 경우가 많다. 어쩌면 시인도 일종의 의사 오지라퍼 일지도 모르겠다. 차이라면 직접 말로 끼어드는 대신 문자로 사람과 세계의 모든 문제에 끼어든다는 것. 아니 어느 순간 세계의 다양한 문제에 발 담그고 있다는 것.

6. 말의 거울

김순옥의 시는 언어의 본질적 속성을 탐구한다. 어떤 말들은 충돌하고, 어떤 말들은 표면과 이면이 다르고, 어떤 말들은 아예 불통이다. 수시로 거짓말이 방출된다,

요뿔러스입니다
무엇을 도와 드릴까요
응
여보세요 고객님
기쁨이냐
고객님 요뿔러스입니다
뿔났어요
요뿔러스입니다
뿔이 났다구
뿔이 난 게 아니고 인터넷 업체입니다

거기가 어디예요
고객센터입니다
미장원이라고
미장원이 아니고 고객센터입니다

미장원에 뿔이 났다고

뿔이 난 게 아니고 요뿔러스입니다

– 「깜깜 절벽」 부분

　불통을 그리는 시편이다. 유플러스 라고 발음하는 인
터넷 업체 고객센터 발신자는 수신자에게 요뿔러스로 도
착한다. 그 과정에서 뿔이 생긴다. '고객센터'는 '미장원'
으로 수신된다. 의도한 말들은 엉뚱한 말이 되어 도착한
다. 결국 언어는 불통이다. 발화의 내용은 어긋나고 미끄
러진다. 전달과정에서 기표가 굴절되어 도착하고 기의는
왜곡된다. 없는 뿔의 이미지를 떠올리게 만든다. 재미있
다. 불통에서 유머코드를 짚어내는 시편이다.

　같은 말도 맛나게 하는 사람이 있다. "말 잘하는 DNA
를 타고 난/ 친화력이 좋은/ 그녀에게 오늘도 빠져든다
// 똑같은 말을 하더라도/ 누가 하느냐에 따라/ 짠맛 쓴
맛이 나기도 하고/ 단맛 감칠맛이 나기도 한다"(「발톱을 숨
긴 맛」) 그런데 그 말 속은 발톱을 숨기고 있다. 앞과 뒤가
다른 말, 안과 밖이 다른 말. 앞에서 부드럽게 쓰다듬으
며 뒤에서 할퀴며 상처 주는 말들이 있다. 발톱 있는 말
의 거울에 비친 언어의 이중적 속성은 인간의 겉과 속 다
른 태도를 보여준다. "뒤에 감춘 가시가 있지/ 붉은 수다
에 찔린 상처/ 뾰족한 가시가 깊고 깊다"(「오월의 장미」) 가시
가 있는 말 역시 아름다운 자태를 자랑한다.

언어에 대한 관심은 계속된다. "속이 빤히 보인다// 빛을 준 태양에 날을 세우고/ 흠집을 내며 깎아내린다" "그 믐밤처럼 캄캄한 말들을 쏟아내며/ 박쥐 꽁무니를 따라다닌다/ 무슨 말인지 알 수 없는/ 뒤에 한 말이/ 앞의 말을 엎어버리는 줄 모른다(「반사체」) 말을 통해서 사회 정치적 관심사가 드러난다.

"사실 확인 없이 날개를 달고 날아다닌다/ 앞부분 뒷부분 떼어 바람에 날려버리고/ 왜곡되고 살을 붙여 중간 부분만 돌아다닌다" "가짜가 진짜 노릇하며 자리 잡는다/ 가짜가 진짜를 쫓아내고 있다"(「악화는 양화를 구축한다」) 그레샴의 법칙이 제목으로 인용되었다. 난무하는 말 속에서 거짓과 진실의 뒤섞이고 뒤바뀐다. 말의 거울은 계속되는 관심사다

말은 쉽게 뒤집힌다. "아직도 못다 한 일이 남았는가/ 아직도 울 일이 남았는가// 변덕쟁이 말 뒤집듯 / 울었다가 웃었다가/ 자주 괭이밥/ 꽃잎을 폈다가 접었다가/ 우산을 폈다가 접었다가"(「푸념」) 팩트와 진실은 다르다. 미디어가 프레임을 어떻게 자르느냐에 따라서 진실은 뒤바뀔 수 있다. 미디어의 지평에 따라 진실이 왜곡될 수 있다는 말이다. 시적화자는 문장과 자막으로 진실이 흔들리고 뒤집어지는 정황을 그린다. 진실은 어디에 있는 것일까. 무엇이 진실일까. 진실이 실종된 시절이다. 진실을 추구하는 고독한 나무, 시인에게 뉴스와 거짓말 사이를 구분

할 수 없다는 사실은 좌절감을 준다. "그 겨울/ 바람만 불어 슬픈 나날들/ 휘몰아치는 깊은 바람 속" "거짓말이 알을 낳고/ 알이 거짓말을 낳고"(『바람의 거짓말』) 말의 거울은 증식하는 거짓말을 비추며 세계의 거짓과 절망을 드러낸다.

말의 거울은 "콩을 팥"(『모독』)이라 하는 말, 정직이나 진실과 거리가 있는 말을 언어에 대한 '모독'이라 여긴다. 나아가 "아픔 없이 어떻게 꽃을 피울 수 있을까/ 석 달 열흘 동안 흰 말을 쏟아내고/ 흰 말을 춤으로 보여주고/ 흰 말을 울음으로 토해내는"(『배롱나무』) 순수한 춤과 울음이 되는 때묻지 않은 말을 지향한다.

7. 가난의 거울

레고 블록을 쌓아 놓은 것 같은 아기자기한 집
뒷집이 앞집을 내려다보고
앞집이 뒷집을 올려다본다

보일 듯 말 듯 길과 길이 이어지고
미로처럼 이어지는 골목길
힘든 삶의 아픈 시간
하루 벌어 쌀 한 되 팔고 생선 한 마리 사 들고
집으로 돌아오던 골목길

〉

마당 한쪽 자리 잡은 텃밭에 푸성귀가 푸르고
옹기종기 모인 장독
된장 간장이 햇살과 해풍에 익어간다

우산 들고 골목 지키는 소년
골목마다 피어나는 벽화
큰 물고기 속에 작은 물고기 상표 헤엄치고
호랑나비 구절초에 날아들고 장수풍뎅이 따라 나온다

마을을 내려다보는 어린 왕자와 사막여우
어린 왕자를 찾는 포토존의 기나긴 줄
사막여우 한 곳만 응시한다

골목길에 찾아든
따뜻한 마을이 과거 현재 미래를 진행 중이다
빛바랜 의자 골목에서 휴식 중이다

– 「감천문화마을」 전문

바닷가와 전쟁을 피해온 사람들이 자리잡은 바닷가 비
탈이 유명관광지가 되었다. 인형집 같다는 말, 장난감 같
다는 말은 동화와 통하지만 현실에서는 불편과 통한다.
이 마을은 가난과 전쟁과 바다와 비탈의 로칼러티를 지
닌다. 가난이 관광이 되는 시대이다. 블랙 투어리즘으로
비판 할 수도 있는 가난관광이 불편하다. 왜 타인들의 가

난을 방문하는 걸까. 단순히 장난감처럼 비현실적으로 자그마한 집들로 구성된 마을이 낯설어서만은 아닐 것이다. 가난과 작은 집이 과거형이 아니라 상존하는 현재형이기 때문일 것이다. 발밑만 보고 산다면 괴로운 현재가 보일 것이다. 사막여우가 바라보는 먼 곳이 수평선 너머 미래일까. "삶은 여전히 미로처럼 이어지고" 힘들고 아프다. 그렇다고 희망이나 아름다움이 없을 수 없다. 아이들의 성장은 또 다른 동화가 될 것이다. 팍팍한 현실도 환타지와 결합하게 되면 조금 견디기 쉬워진다. 인생이 사막이라도 어딘가 "보이지 않는 곳에 우물이 숨어있다." 결핍의 아름다움을 역설적으로 그린 시다.

8. 잉여의 거울

패스트 패션이
파도처럼 밀려오고 있다

진열장에 걸린 옷은
2주 만에
새 유행의 밀물에 밀려 난파된다

짧아진 옷의 수명
난파선에서 나온 조각처럼
새로운 옷들이

쓰나미 되어 밀려온다

나는 플라스틱 바다에
익사하고 있다
그 많은 옷이
세탁기애서
열일 하며 토해내는 미세물질

물고기 미역 김 소금
몸속으로 밀어 넣고 있다
내 몸속으로 밀어 넣고 있다

빠르게 변하는 세상 속
내 몸속에
빠르게 스며들고 있다

- 「미세 플라스틱」 전문

반대로 잉여와 과잉을 풍자하는 시가 있다. 옷은 잉여
의 물질세계를 비춘다. 빠르게 너무 많이 생산된 옷들로
집집마다 옷이 넘쳐나는 시대이다. 패스트 패션이 세계
적 트랜드이다. 유명 브랜드의 디자인과 흡사하면서 빠
르게 생산된 저가의 옷들이 세계 곳곳에 빠르게 침투하
고 빠른 유행을 주도한다. 빠르게 온 유행은 다른 유행의
물결에 의해 빠르게 밀려난다. 그 과정에서 옷들은 쓰레
기 쓰나미가 되어 지구를 공격한다. 물질만능의 시대, 잉

여가 된 물질은 지구를 아프게 하고, 지구에 사는 사람을 상하게 한다. 깨끗하게 살겠다고 열심히 빨래를 하는 세탁 과정에서 발생한 미세플라스틱은 바다로 흘러가고 생태계를 옮겨다닌다. 생태계의 순환을 통해 인간의 몸으로 들어온다. 시적화자는 옷의 거울을 통해 속도와 물질 과잉을 비판하며 지구와 환경, 인간의 건강을 동시에 염려한다

9. 시간의 거울

장미를 따라 핀 산책로 끝없다

불같은 심장으로 피어나
붉디붉은 소리

붉은 수다로 시끌벅적한 늪
꽃의 웃음으로 오월이 가득하다

얼굴 가득 웃음 번진
꽃의 늪에 빠진 사람들
여름 뙤약볕처럼 달아오른다

바람을 부르는 붉은 향기에
얼굴 붉어진 사람들

짙은 향기에 취하고
화려한 모습에 취하지만

뒤에 감춘 가시가 있지
붉은 수다에 찔린 상처
뾰족한 가시가 깊고 깊다

사랑하지만
멀리서 바라볼 뿐
경계를 늦추지 않는다

- 「오월의 장미」 전문

오월의 장미의 이미지는 불과 심장으로 연쇄되며 왕성한 생명성을 보여준다. 그러나 무성함과 아름다움은 숨은 무기를 감추고 있다. 청춘의 시간이야말로 상처 주기도 상처 입기도 쉬운 시간이다. 삶의 숨은 가해자가 될 수 있는 가시들을 경계하는 이 시는 두근거림과 설렘, 동시에 불안이 존재하는 청춘의 시간을 장미의 거울에 비춰 보인다. 기세등등한 가시는 장미를 경계하게 만든다.

시간 속에서 태어나 시간 속에서 살다가 시간의 힘을 어쩌지 못하고 죽음을 맞이하는 유한성의 존재에게 시간에 대한 상상은 피해갈 수 없는 테마이다. 자연의 꽃들은 가장 적절한 타이밍을 놓치지 않는다. 사람의 시간에 "합리적인 순간"이 있을까. 이르거나 늦거나 타이밍은 놓치기 십상이다. 시간은 젖게 만들기도 하고 마르게 만들기도 한다. "쓰다 멈춘 계절 일기장에 봄비가 내리"(「봄비」 부분) 듯 미완성인 채로 문득 끝이 온다.

사물과 세계에 대한 기억은 시간 속에서 색이 바래고 흐려진다. "가두어 놓은 어떤 기억/ 무뎌진 새장 속에 녹슬고// 시간 속에 뽑힌/ 가여운/ 억울한 깃털/ 허공 속으로 퇴색되어 간다"(「희미하다」). 시간 속에서 희미해져가는 기억. 녹슬어가는 기억, 털 뽑힌 기억을 인식하는 시인은 "놓치면 안 되는/ 놓치고 싶지 않은/ 이 순간을 저장한다"(「순간 기록」) 기록은 시간을 저장하는 일이다. 저장된 시간은 무한반복 꺼내보기가 가능해진다. 시간 기록은 순간을 영원으로 이어준다.

"젖은 책장 읽지 않고/ 남겨 놓은 채/ 다음 책장으로 넘긴다/ 8월에 해석하지 못한/ 남은 문장 다시 읽는다"(「9월에」). 구월은 여름 내내 눅눅하게 처지던 문장들이 탄력 있어지는 계절이다. 이 시는 책과 문장, 언어에 대한 시이기도 하다. 어느 날 우리는 어쩌면 읽던 책을 못 다 읽고 다음 생으로 건너갈지도 모르겠다. 그건 참 막막한 일이지만 어쩔 수 없다. 다음 생에는 이번 생이 선명하게 읽힐지도 모르겠다. 시간에 의해 사물의 상태는 변화한다. 젖은 것이 마르고 마른 것이 다시 젖는다. 여름과 가을 사이의 변화는 인생의 청장년의 시간과 중년의 시간의 비유로 읽혀진다. 모두의 시간은 비슷하면서도 다르게 체

감될 것이다.

온 가족이 모이는 날에는
쇠고깃국을 끓이고

벼 베는 날에는
무를 깔고 갈치 찌개를 끓이고

추수 끝나는 날에는
논에서 노란 미꾸라지를 잡아
추어탕을 끓인다

쇠고깃국이 쌓이고
갈치 찌개가 쌓이고
추어탕이 쌓인다

그 빛을 지키려 닦고 또 닦은
치열했던 날 사라지고
많은 시간이 지나간다
오랫동안 아꼈지만 닳고 닳는다

퇴색된 황금색이 달아나고
은백색 솥이 된다
그 빛났던 모습은
찌그러진 모습에서 더 찬란하게 빛난다

－「황금 솥」 전문

한때는 황금색이었지만 지금은 색이 바래고 찌그러졌
다. 시간에 따라 더 빛나는 솥이 있다. 처음의 금빛은 사
라져도 수많은 음식을 지어 사람을 먹여 살린 솥은 아름
답다. 잘 살아온 시간을 긍정적으로 수용하는 시다. 타인
을 위해 헌신하고 희생한 시간이 황금의 시간이라면, 자
신의 과도한 욕망에 휘둘린 시간은 납의 시간일까. 빛바
랜 솥이 찬란하다.

10. 천사의 거울

별빛 쏟아지는 하늘을 내려와
천사가 나팔을 분다

큰 꽃송이가 감당하기 버거워
얼굴 들지 못하고

궁리 끝에 땅을 향해
세상을 향해 거꾸로 매달린다

할 말이 가득한 모습으로
흔들리는 그대 향기

낮은 자세로
낮은 자세로

순한 사랑을 나팔로 불어댄다

어둠이 내리면 사라지는 빛처럼
땅의 사치는 순간이고
덧없는 사랑은 부질없고
불같은 심장은 사위어간다

천사는 끝까지 천사이다

―「천사의 나팔」 전문

불통과 역병과 가난과 질병과 시간과 같은 인간이 어쩔
수 없는 지상의 고통이 없다면 굳이 인간이 비상의 욕망
을 가지거나 하늘을 상상하지 않아도 될 것이다. 무생물
인 "산책로의 긴 의자"처럼 무시당하고도 버티는 것 말고
는 다른 방법이 없거나, 이곳이 아닌 그곳, 아름다운 섬
을 찾아 여행을 떠나지만, 돌아온 도시는 여전히 지상의
중력으로 무겁다. 꽃에다 천사의 나팔을 달아주는 것은
상상력의 힘을 믿기 때문일 것이다. 저 꽃의 나팔소리가
천사의 날개가 되어 무거운 삶의 중력을 조금 가볍게 들
어 올려 줄 것이다. '천사의 나팔'은 아래를 향해 핀다. 아
래에서 위를 우러르는 상상은 인간의 열망을 반영한다.
그러나 위에서 아래를 향해 천상의 음악을 들려주는 꽃
의 상상은 지상의 삶의 고단함을 위로한다. "낮은 자세로
/ 낮은 자세로/ 순한 사랑을 나팔로 불어댄다" 천사의 나
팔소리는 하강의 상상으로 슬픔과 욕망과 분노를 진정시

킨다. "어둠이 내리면 사라지는 빛처럼/ 땅의 사치는 순간이고/ 덧없는 사랑은 부질없고/ 불같은 심장은 사위어 간다."

나가며

거울의 뒤편은 검게 칠해져 있다. 오지라퍼의 허접한 욕망과 일그러진 관계들과 거짓말과 충돌하는 말과 죽음에 이르는 자기애가 거울 뒤편에 칠해진 도료일 것이다. 이 도료는 시간의 지배를 벗어나지 못하고 죽고 마는 허약한 필멸의 존재이면서도, 말로 상처주기를 마다하지 않은 인간의 슬픔일 것이다. 그 어둠이 없다면 시가 어떻게 삶과 세계를 비추는 거울이 될 수 있을까.

신화의 거울, 사람 거울, 물의 거울, 자연의 거울, 말의 거울, 테크놀로지의 거울, 역병의 거울, 가난의 거울, 잉여의 거울, 시간의 거울, 천사의 거울은 모두 문자의 거울이다. 이 거울을 기웃거리는 것만으로도 미로를 헤매게 된다. 거울에 비친 아리아드네의 실을 따라 들어간 미로를 빠져나온다.

뿔로 뿔을 치는 뿔의 거울에 떠받치기도 하고, 잡힐 듯 잡히지 않는 술래의 거울이 되기도 하고, 빈 잔의 거울 앞에서 갈증을 느끼기도 하는 동안, 아물지 않는 상처의 거울이 다시 쓰라리다. 서로 만나야 한다고 애틋하게 서로를 부르는 단춧구멍과 단추의 거울, 짐승과 인간의 차이래야 한 장인 종이의 거울, 어른의 행동을 그대로 모방하는 아이를 보여주는 사람의 거울 앞에서 자세를 가다듬는다.

언어가 안으로 들어갈 때와 밖으로 나아갈 때가 있다. 거울의 언어는 경계에 서 있다. 거울은 실재에서 환영이 발생하는 곳이다. 실재와 환영이 구별되는 곳이고, 실재와 환영이 데칼코마니처럼 펼쳐지며 결합하는 곳이다. 거울은 지금 이곳을 반영하고, 반영은 반성과 이웃한다. 거울이 되는 시어는 이미지를 반사해서 돌려줌으로써 숨은 세계의 내면을 비춰보게 만든다.

"넌 잘 하고 있어 / 오늘 하루 수고 했어"(「빛의 바다」) 세상에게 건네는 응원의 말이 환하다. 문자의 거울을 짊어지는 불편을 스스로 선택한 시인에게 이 말을 반사해드린다.